Susanna Dézsi

Illustriert von Matthias Weinhold

Die Reise

des

Narren

0 zu 1

Bann beginnt in kreisend Bahnen
Kraft aus der Bewegung keimt
Erster Funke springt und zündet
aus dem Nichts zu kommen scheint

des Geistes Augen Nichts ergründen
Mund der nichts verkünden kann
ewig es im Wasser stünde
zeitlos in des kreisend Bann

„Wasser trägt das erste Siegel."
Flüsternd gilt die Stimme mir.
Verhüllte, alte Frau im Spiegel.
Komme irgendwann - wieder zu Dir.

1 zu 2

Ich bin die Macht! Mein ist die Pracht.
Eins und eins und eins sind keins
und alles mehr ist meins!

Was ich will, das tu ich auch.
Wozu sonst dieser Gebrauch?
Alles, was ich sehe hier,
ist meines Geistes Weltentier.

Neues wirken. Neue Kraft.
Leben, das zur Form gebracht,
mit meinem Sinn und dem Verstand.
Alles ist damit verwandt.

Was? Du glaubst, ich kann das nicht?
Gibst der Welt Dein Grenzgesicht.
Hör nur, wie ich drüber lache.

Wicht bleibt Wicht und bleibt im Keim!
Nimm nur hin, so soll es sein!

Erde, Wasser, Luft und Feuer,
bin ich mir das Ungeheuer.
Spreng mich in der Ängste Bann,
weil ich es nicht lassen kann.

Spiel so gern mit mir herum.
Seelensplitter lenk ich um.
Streu mir Zweifel in die Herzen,
denn ich liebe meine Schmerzen.

Vier der Welten kannst Du finden.
Fünfte kannst Du nicht ergründen.
Doch dort ist die wahre Kraft.
Ja Zaubermacht, des Lebens Pracht.

Eine Lust, das Spiel der Toten.
Kraftdurchfliessend - Lebensnoten.

Spiel Dir eine Melodei und tausch Dein Blut,
mir einerlei,
welches Du mir willst dann opfern.
Alles nehm ich!

Herz und Seele!

Gibst mir, wie Du hast gelernt.
Nehme schließlich überhand.
Nehm den Dolch, den Kelch, die Welt
und mache einen Strich.
Wie selbstverständlich und entfremdet
durch Dein Selbst,
-
durch Dich!

2 zu 3

Fern der Sonne und der Nacht.
Nah des Lichtes. Fern der Brände.
Steh ich, Narr und bin erwacht.
Im Traum des Traumes und verende.

Zweifel halten mich in Wacht.

Gott oder Teufel, wer kanns mir sagen,
hab ich gestern noch verehrt?
Ist es die Lieb, der Hass, die Gaben?
Weisheit? Wissen? Wort durch Schwert?
Ist es des Menschen so zu wirken?
Ach, steht der Dämon schon parat?
Kann ich denn sehen, was ich tue?
Zerstör ich oder schuf ich Saat?

Sieh, dort sind des Wahnsinns Augen.
Tiefe in Unendlichkeit.
Bewegung und auch nicht beweglich.
Eins und Nichts sind dort vereint.
Wo ist das Licht, das gestern noch,
mich sanft auf prächt´ge Höhen trug?
Wo ist das Leben, welches kräftig,
in jeder meiner Zellen schlug?

Hab ich verkauft schon meine Seele?
Oder sind es derer zwei?
Vielleicht auch keine? Welch ein Jammer!
Bin ich dem Schöpfer einerlei?
Tanzt ich im Licht der Götter gestern?
Oder in des Dämons Nacht?
Wenn Licht durch Gott kommt,
Tod durch Teufel,
wie hab ich dies dann all vollbracht?

Bin ich ein Gott? Ein Dämon?
Oder nur des Teufels Zier?
Wer und was bin ich? Wirk ich? Leb ich?
Warum sterb ich hier?

War ich verbunden mit dem Lichte?
Oder nur mit Dunkelheit?
Sind meine Kräfte die des Teufels?
Oder seh ich nicht sehr weit?

Ach!

Ist der Mond nicht auch getaucht
in die Schwärze dieser Welt?
Und ist nicht Sonnenlicht sein strahlen?
Er blendet nicht, wenn er verweilt.
Bin ich und das was ich hier tat
dem Monde gleicher als dem Licht?
Teil des Schattens und der Sonne.

Ahh!

Ich sah beides.
Nur nicht mich!

Oh Silberner, Spiegel der Sonne.
Schild der Nacht und Wächter mein.
Du bist das Tor, der Schlüssel in mir.
Sollst nun des Weges Führer sein.

3 zu 4

Die Welt und alles was in mir,
erwarb ich und empfing ich hier.

Wie abgelenkt ein Leben sein kann.
Verstehe nun der Zweifel Einwand.
Was mich am Leben hielt bisher,
war nicht mein Tun und Handeln
viel mehr…
was ich mir dachte und konnt wandeln.

Getan ist´s nun und unumkehrbar
dauert es so fort.
Die Fließende ist überall und an keinem Ort.

Sie ist der Takt des Wachsens, Sterbens.
Vergänglichkeit ist unbeugsam.
Folter des Keims, Fessel des Werdens.
Macht das Leben lahm.
Bis es dann … sich ganz verliert?
Und aus dem Ende neu gebiert?

Kein Wissen und kein Glaube schützt Dich
vor dem letzten Deiner Schritte.
Geht die Zeit, dann gehst auch Du.
Reißt Dich aus jeder Freunde Mitte.

Was bleibt?

Nun denn! Auf! Auf! Mein Narr und gehe weiter.
Vergiss, was Du hast heut gesehn.
Pass auf! Lauf! Lauf! Und bleib stets heiter.
Sollst Deine eignen Wege gehn.

4 zu 5

Fliehend gehetzt von Angst und Wende,
taumelnd, blind trieb ich noch fort.
Ausgespuckt in schwarze Strände.
Vom Lichte weit entfernster Ort.

Wohin denn nur? Seh ich doch nichts.
Ja NICHTS.
Warum bist du schon hier?
Hab ich die Fehler meines Lebens
nicht bis zum Ende ausradiert?

Doch immer noch umhüllt mich Schwärze
und Dunkelheit zerschneidet sich
an meiner Hände Haut, denn tastend, blind
ich vorwärts kriech.
Und keine Stimme spricht und tröstet
und nichts und niemand kümmert mich.
Der Hoffnung letzte Träne löst sich,
verrinnt,
vergeht,
zerbricht.

Wo ist der Gott, der mich errettet!?
Wo ist des Bösen Worte Fluch!?
Die Hände ringen bittend, bettelnd.
Erlösung, Handel und Gesuch.
Leid für Hoffnung! Blut für Trost!
Seele für der Freiheit Bann!
So will ich geben hin dies alles!
Wenn nur endet bald der Wahn.

Und Licht und Glanze kam zu retten
und verschluckte ganz den Narr,
der schützend sich das Aug verdeckte.
So grell das Licht im Lichte war.
Und schnell er ward geläutert, rein.
Doch unbrauchbar sein Schein.

So floh er abermals und fand
des Schattens Ruhe Bank
und liegt nun dort darnieder,
gestreckt von sich die Glieder
und atmet tief in bebend Brust.
Der Kampf um Licht war nicht Verlust.
Doch auch nicht Sieg!
So flieht er.

Weiter! Heiter?
Und noch tiefer in das Schattens dunkle Nacht.

*Aus zwei zu drei wird acht
und macht das Ewigkeit sich legte
in des Narren Herz und Geist,
nicht streitend mehr um Seele.
Von vier und eins wurd bald gesagt,
es sei des Narren Zahl,
So wird nur ein Pfad ausgezählt.
Des Narren einzge Wahl?*

5 zu 6

Geheiligt sei der Wahn.
Geheiligt sei die Grenze.
So dringt das Unvollkommene
zur reich gefüllten Gänze.

Einsam ist des Geistes Licht.
Verblieb ihm auch die Welt für sich.
Nutzloses, wirres suchen
im sehnenden verfluchen.

Der Reinheit liebstes ist die Pflicht.
Doch! Nach selbstverachtenden Gesuchen,
sich jedes Licht im Spiegel bricht
und ziellos grell den Geist verwischt.
Wer will das Tier versuchen?

Wer will das Tier verwünschen?
Und damit jene Dunkelheit?
Sich aus dem Schatten dünken,
in freudloser Vermessenheit?

Wer kann sich mit dem Chaos freiend,
mit breiten Schwingen schwebend
aus jenem Tief und ohne List,
noch lebend und vergebend,
einzig sein, wie er´s eben ist?

Das Tier in mir ist Freund und Feind,
so sprach der weise Dichter.
Und gab dem Hunger meines Seins
den unkäuflichen Richter.

Denn ohne jene Ewigkeit,
würd´s Leben geistlos säen,
der Laster nicht mehr wehren,
sich unstetig vermehren
und Grenzen hätten keinen Wert
und sind doch hoher Grund,
wo Hoffendes und Lebenslust
sich heil´n an einem Punkt.

Der Same des Lebens,
entspringt dem Keime des Gebens.

So geb ich Dir, oh liebstes Kind,
all meine Narreteien.
Und will sich dann ein Lächeln zeigen,
will ich mir erst verzeihen.
So schenk ich Dir, der zarten Hand,
all was ich je gegeben.
Denn in Deinem Herzen nur,
kann sein, mein wahres Leben.
So zeig ich Dir mit offnem Geist
all meine Possereien.
Und würde auch, ganz ohne Qual,
Dir meine Seele weihen.

Einzig vor Deinem Angesicht
steh ich in voller Gänze.
Mit jeder Kraft, die´s Leben heißt,
bringst Du mich an die Grenze.

6 zu 7

Vom Ersten bis hier her.
Geglaubtes bleibt doch leer.

Geliehnes Denken ohne Ziel
bekommt dem Geiste nimmer
und doch erhielt das Narrenherz,
des Feuers Glanz und Schimmer.
Weder vollkommen noch beständig.
Nicht ewig und nicht ganz,
ist es doch Vergänglichkeit
und führt versteckt den Tanz.

Des Tanzes taube Prahlerei
ist allerorts zu finden.
Gebote, All-Macht, Heiligkeit
wird man nicht überwinden.
Denn neben ihnen liegt ganz klar,
verführerische Macht.
Es spielt, es prahlt, es heiligt sich
an jedes Herzens Pracht.

Gab es jemals wahren Streit,
um Liebe und das Licht?

So fragt das Narrenherz die Seele.
Die, die von Freiheit spricht.

Und schnell sie dann verkündet,
von Leichtigkeit, die unergründet,
in jeder Tiefe eines Seins,
zu finden bleibt.
Nur dort erscheint.

In den Tiefen? Fragt das Licht
und will sich selbst beleuchten
und während schon der Schatten bricht,
versucht der Spiegel jene Sicht.
Will endlich sehen beide Seiten,
die sich so maßlos mit sich streiten.
Zu finden aber wagt es nur,
den Keim im Wasser schweben.
Beschränkt, ertränkt und eingesperrt
vom jenseitigen Leben.
Von Göttern, Sagen und Geschichten
weiß jeder Narr schnell zu berichten.
Doch welchen Segen brachte dies?
Nicht nur vom letzten Paradies,
weiß jenes Licht zu künden.
Es spricht auch voller Leichtigkeit
von meiner Sinne Sünden!
Verdeckt den Wahn und die Natur
mit überirdisch Segen
und lässt den Narren glauben nur,
es sei von Gottes Wegen
und nicht sein innerstes! Nicht Seins!
Obwohl´s aus ihm gebar.
Und nun, so spricht der Morgenstern,
des Tanzes werd gewahr!

„Feuer trägt das zweite Siegel"
spricht die Stimme und verlischt.
Denn Schöpferkraft ist nicht beständig
und nimmer ewiglich.
Ihr eigen ist der Funkenflug,
der Sternenkerne Licht.
Erstrahlt, verblendet und verglüht
und überbietet sich.

7 zu 8

Von Schwarz und Weiß,
sprach einst ein weiser Denker,
es sei ein zügelloser Lenker,
der an Paraden sich entzückt
und sich vorm Höchsten schamvoll bückt.

Seh ich diese Welt nun ganz
befüllt von diesen Dingen,
will mir dieses Farbenspiel
nicht annähernd gelingen!

Er sprach von Jenen und auch Diesen,
von Spiegelnden und Unbewiesenen.
Vom Gegensatz, welcher bedingbar,
aus dem Kelch des Ganzen war.
Und ist.
Und ewig wird es sein!

Dies leuchtet selbst dem Kleinsten ein.

Doch welchen Ton trägt dieses Paar?
Wenn doch die Welten unvereinbar
und mitnichten durch sich teilbar
und doch zu gleichen einzeln stehend,
so wirken auf dem Weltenaltar?

Unerschöpflich ist der Ritus,
der sich weiterhin verdeckt,
als sei gesamter Weltenklang
vor jedem einz´gen Narr versteckt.

Und doch hört ich des Feuers Stimme
und des Wasserträgers Sang,
und schwebte so in luftig Höhe,
mit Stab und Schwert und Kelch und rang
um jene prächtge Hohe Zeit,
die Licht ist in der Dunkelheit.

Ich betete, ich hoffte, klagte.
Verleugnete die hellen Tage
und betrog mich um mich selbst?
Der Silberne vergelts!

Der Silberne, der mir nun spottet
und dennoch mit mir lacht.
Denn nicht einmal der Goldne selbst
hat sich auf diesen Weg gemacht.

Wohl an!

Zeig mir der Hindernisse Steine,
auf das ich mich mit ihm vereine!

8 zu 9

Gelacht hab ich aus vollem Herzen
und gedacht der Priesterschaft
und was für Meister und Adepten
sich solchen Blödsinn ausgedacht.

Der Herrlichkeit wird niemals enden,
welche Tageszeit auch sei.
Verderbtes Leben unsrer Lenden,
der Seelenende Zeitverleih.
Ich weiß, es ist Dir einerlei
und Furcht und Angst,
das kennst Du nicht,
denn auf Deinen Tatendrang
soll folgen jenes Hochgericht
und Gnade wirst Du dort empfangen
und alles, was Dir einst Verzicht.

So glaubt es auch Dein Bruder dort
und wetzt das Schwert mit Hinterlist.

Oh, lache ich der Priester nun
und der Hohen Herren?
Oder nur der Toren Kunst,
die Ängste sich verwehren?
Oder solchen, welche zitternd,
angsterfüllt nach Lichte darben?
Oder jenen, die so versessen
jeden Feuerkelch umwarben?

Ich sah das Meer der Schöpferkraft
und nichts und niemand wird gedacht.
Nur wenn Du Deinen Pfad nicht kennst
wird Deine Seele umgelenkt.

Ja, denk Dir nur die andre Welt,
wo Licht und Schatten sich vereinen.
Die Torheit ist, so höre nur,
ganz wie Dein Selbst, was zum verneinen.
Verlass den Glauben oder nicht.
Die Wahrheit trägt nur ein Gesicht.
Nicht neun, nicht achtzig oder mehr.
Nur eines und es ist Dir näher
als Du jemals hast erträumt,
mithin das Leben so versäumst.

Oder verfluch Dir Deinen Samen,
Deinen Kern und Deine Kur.
Denn sieh nur welche Torheit ist,
im Leben jener Frohnatur
und wie sie lachen,
wie sie singen,
wie sie um den Baum nun springen.
So selbstvergessen und sich gänzlich,
schlängelnd tausend Zungen sprechen
und dennoch nur von Dir was sagen
und weder Trost noch Angst versprechen.

Dann wend den Blick zu jenen Geistern,
die heller stehn seit Alters her.
Die von dem Nichts und Trieben sprechen
und von der Heiligkeiten Wehr.
Die Götter köpfen, schlachten, rauben
und in Demut niedersinken.
Und fürwahr nach dem Gebettel
mit jeder weißen Weste winken.
Sich dann mühen und auch bücken
und sich dem Leben ganz entrücken.

Das ist es wert? Dann bitte sehr!
Trete vor und sterbe
für eines Segens Prahlerei
und Deines Glaubens Ehre!
Die Zeche zahlt Dein Erbe dann!
Der Nachfahr hellen Brut.
Er kennt die Regeln jeden Kampfes,
weiß aber nichts vom Blut
und dass es nicht vergossen sein darf,
nicht für solche Spielerei.
Ich weiß, dies ist auch einerlei!

Ich verzieh mich, mit Verlaub
und gehe zu den Toren.
Ohne Gott und Schild und Rast
zu denen, die verloren.
Zu denen, die sich selbst genug.
Und wünsch dem Hellen guten Flug.

Denn weiße Lilie blüht nicht hier,
nicht in solchen Herzen.
Ihre Zartheit braucht viel mehr
als segenvolle Schmerzen.
Auch ehrenhaftes Ränkespiel
ist keine Frucht des Baumes.
Sie ist, so spricht das Narrenherz,
die Illusion des Traumes.

9 zu 10

Nicht Wachheit noch des Schlafes Gnade.
Nicht Einzges oder das Detail
brachte mich zu diesem Pfade.
Dem Kelch, der alles ist in eins.

Befreiend senkt sich goldnes Fieber,
tänzelnd mit dem alten Geist
welcher legt den Goldnen nieder.
Erfüllt er ist und nicht verwaist.

Die Luft vibriert von Lebensklängen,
gibt dem Herz den neuen Ton.
Vertreibt die schallenden Gemäuer
und wirkt als wahres Metronom.

So eigen ist es, so verwundbar.
So verletzlich und so rein.
Wie kann der Sinn für dieses Edle,
so grandios verschwendet sein?

Küss mir die Sinne lieblich Nacht,
web mir den Zauberfaden,
gleich Ariadnes Zaubermacht,
verfärb den ganzen Laden.
Ja, doch nimm! Ich schenk ihn Dir.
Nimm meinen Seelenplunder.
Da jetzt der Dunkle zu mir spricht,
brauch ich keine Wunder.

Welch Nutzen denn auch Hoffnung bringt,
wenn sie von Liebe nicht beschwingt,
aus hohlem Auge Sein beschaut
und ohne Grund auf gar nichts baut?

Bitte sprich, mein liebstes Kind
von Deiner Magie Träume,
so dass ich ganz und innerlich,
die Weltenuhr versäume.

So zärtlich Deine Sagen sind,
so wunderbar Dein reden.
Es ist, als ob der Silberne
Dir spendet seinen Segen.

So leicht! So viel! So unbedingt
und unverliebt lebendig!
Das Leben hat sich in uns selbst
mit Macht und Kraft gebändigt.

Es ist, als würde Licht mich leiten
und Einsamkeit der Wacht mich weiten.
Sah ich auch nicht, fühl ich es doch,
dass Wahrheit längst ergründet.
Als sei des Gottes Thron in mir
und längst mit mir verbündet.

Dies ist kein Ende, nur ein Ziel.
Hab ich es je gesucht?
Und doch, dies Leben sandte mich
und damit jeden Fluch.

Ein Herz war ich,
das schlagend sich,
die Furcht vom Körper kratzte.
Verzweifelt gegen Wahn sich wehrt
und voller Sehsucht platzte.

Durch manche Zunge sich betrog,
verführt und schamvoll sich entzog,
noch fragend, zweifelnd und verdächtigt
mit Opfergaben sich verbog.

Ich sah das Licht,
verstand nur nicht.
Das Licht ist ich
und ich bin licht.

So viele Pfade harren,
dem Wege unsres Narren.
5 und 1 hielt keine Nacht,
mit 4 und 2 wirds gleich gemacht.
Götter stehn bei 5 und 2
und sterben zwischen zwei und drei,
bei 8 und 1 wird neu belebt
und mit dem letzten recht gewebt.

10 zu 11

Silbrig Worte fließen flüsternd
aus dem See der Dunkelheit.
Wirken rauschend jenen Wandel,
bis der Zarte eingeweiht.

Die Pfade sich pulsierend laden,
bis der Worte Fluss versiegt
und über luftigen Gestaden,
dass Feuer mit dem Wasser fliegt.

Von Wasser ging ich aus zu wandern,
sagt der Weise und betont,
dass Feuer erst bedingt den Wandel,
was das Luftige bewohnt.

Und reihte er sich ein zu jenen,
welche Lieb im Tode sah´n,
würd er Undank sein und leblos.
Die Hülle für den Geisterwahn,
der jedes Lebende verzählt.
In Tag und Nacht durch Stunden quält,
das leugnend Denkende verwirrt
und sie mit Raub und Ängsten führt.

Denn Raub ist´s, was es bracht zur Größe,
nicht der Weisheit füllend Horn.
Und Zorn und Not und Hass und Blöße,
nicht grün geweihtes Samenkorn.

Ekstatisch zieht die weinend Woge
durch Jahrhunderte und Blut.
Ihre Streiter purpurseiden
erzählen von der Liebe Wut
und reißen Wunden in die Seele,
die Du jetzt erst in Dir siehst.
Verwalten Deinen Leib mit Zaubern,
dämonisch dieser, wie Du liest.

Doch was Dich wirrt ist, was Dich führt.
Und was Dich zählt ist, was Dich quält.
Leiden bringt, das was sich hebt,
von Dir und voneinander lebt.

Der Narr deswegen pfeift auf Seele,
die sein Luftiges verdrängt.
Er sucht den Kern der grünen Reife
und die, die seinen Namen kennt.

Er auf Abrasaxs Flügeln steigend,
der Schwingen Töne tanzend ehrt,
im Ei der Schlange so verbleibend,
der raubend Zauber sich verwehrt.

„Die Reise des Narren" ist eine Reise in die
Mystik des Narren.
Jene Mystik, die wohl auch Anlass dazu gab,
dem Narren eine besondere Rolle im Tarot zu geben.
Dieses Buch ist kein esoterischer Leitfaden,
kein Glücks-Ratgeber, kein humoristisches oder
satirisches Werk und erhebt keinen Anspruch auf
Weisheit oder Wissen.
Es ist die Reise eines Narren, der dem
unergründlichen auf die Spur kommen will und seine
Erlebnisse und Gedanken in elf Zyklen und typisch
närrischer Form teilt.

Wir hoffen Ihnen einige angenehme, sinnierende
und erfüllende Stunden bereiten zu können.

Besonderer Dank für Inspiration, Geduld und
Mitarbeit gilt:

Matthias Weinhold, der mit Geduld und Liebe dem
Narren ein Gesicht und eine Welt gab. Claudia B.;
Tilo R.; Michael B., Frank & Marion M., Frank L.;
J.; Frau K.; Herr H. und Barrie, sowie der
unbekannten Frau in Barcelona, welche die Tauben
fütterte. Auch danke ich René V., ohne dessen
Geduld und Hilfe vieles aus dem Ruder gelaufen
wäre.

Herstellung und Verlag:
Books on Demand GmbH, Norderstedt
ISBN: 978-3-8423-7822-3

Illustration und Gestaltung: Matthias Weinhold